Sofi aprende a decir ~~NO~~ SÍ

CHRIS PARKER

ELLA BAILEY

sm

10 cuentos cortos

para hacer que las tareas cotidianas sean divertidas.

¡Hola!
¡Me llamo Sofi!
¿Quieres saber cómo pasé de decir siempre NO a decir SÍ?
¡Te lo voy a contar! Pero, primero, ven y conoce a mi familia.

¡Bienvenido a mi **madriguera**!

Este es **Lucas**, mi **hermanito**.

Esta es mi **mamá**.
Y este es mi **papá**.
Sofi, ¡ven y haz ejercicio con nosotros!
¡No! Estoy ocupada.

Este es el **Señor Zanahoria**.
¡Estamos a punto de empezar!
No. No. No. No. **¡No!**

Yo intento decir SÍ a hacer cosas, pero no es fácil.

Vamos a hacer **estiramientos**.
¡SÍ!

Hay algunas cosas que son muy difíciles de hacer.

O no están lo suficientemente ricas...

... ¡o se mueven demasiado!

Pero, cuando digo sí a hacer cosas, siempre encuentro una manera divertida de hacerlas.

Si quieres,
aprende conmigo a decir **SÍ** a hacer cosas
que no te gustan o que te parecen difíciles.

Sofi dice SÍ y se abriga

Me encanta ir al parque.
¡Es muy divertido!
¡Podemos jugar
a ser delfines!
¡Mirad mis aletas!

Mmm...
Ponerme el **abrigo** no es nada fácil.

¡O el **gorro**!

¡**Ya no quiero** ir al parque!
Me quedo
en la madriguera.

Estoy seguro de que conseguirás ponerte el abrigo y que sea divertido.
Mmm... No sé... Quizá...

¡SÍ!
Seguro que puedo hacerlo sola.
Voy a empezar poniéndome mi **abrigo**...
¿Necesitas ayuda, Sofi?
Puedo hacerlo todo yo sola.

No hay manera. Mi abrigo no quiere que me lo ponga.
¡AARRRRGH!
Tranquila, Sofi.
Pon el abrigo en el suelo. De aquí no se podrá escapar.
Pero está al revés.
Quizá así sea más fácil para ti. ¡Inténtalo!

¡Ya sé! Voy a meter mis manos por aquí y...
¡Ay! ¡Mis orejas!
Sigue, Sofi, ya casi lo tienes.
¡Funciona!
¡Yupi! ¡Lo voy a intentar otra vez!
¡Viva!
Primero meto las manos.
Luego lo giro sobre mi cabeza...
Y subo la cremallera.
Sí, sí... ¡SÍ!

¡Me encanta! Estoy muy cómoda y voy abrigada.
Lucas, te echo una carrera hasta el parque.
¡Espera! ¡No te olvides tus aletas!
Dame un abrazo de delfín.

Cómo abrigarte como Sofi

Sofi dice SÍ y hace su cama

¡Sofi!
¡No te olvides de hacer tu **cama**!

¡Ay, **no**!
¡Hacer la cama es muy difícil!

¡Pero, Sofi, no vas a dormir nada bien en una cama arrugada y mal hecha!

Me encanta mi cama
cuando está bien hecha
y estirada.

¡SÍ! Lo intentaré.
Primero, coloco bien la almohada.
¡Ay, no! ¡La estoy deshaciendo otra vez!

¿Por qué tiene tantos bultos?

¡Cuánto pesa!

¡PUM!
Estoy bien, Lucas. No me he hecho daño.

¿Cómo puedo conseguir que mi cama quede lisa?

¡Tengo una idea!
Voy a conseguir que hacer la cama sea divertido. Ayúdame.

¡Peluches, bienvenidos a bordo de la Aerolínea Conejitos!
Abróchense los cinturones y estén listos para...

¡Despegar!
¡Estamos aterrizando! ¡Bienvenidos al País de las Camas Bien Hechas, donde todas son perfectas!
Bueno. Casi perfectas. ¿Dónde está Lucas? Ha desaparecido.
¡Je, je!
Y ahora voy a ahuecar la almohada.

Cómo hacer tu cama como Sofi

Sofi dice SÍ y se baña

No, gracias. No me hace falta.

Con pasarme una toallita húmeda...
... estaré limpia.

¡Huy! Me he puesto naranja.

Bueno,
no pasa nada. El naranja
es mi color favorito.
Mis animales favoritos
son de color naranja:
los orangutanes
y los tigres.

Sofi, os vais a dar
un baño con espuma.
No quiero.
No huelo mal.
¿Con
espuma?

¡SPLASH!
Rey Lucas de las Burbujas, te vamos a coronar con...
¡una corona de espuma de jabón!
¡Ja, ja, ja! ¡Ji, ji, ji!

Esta noche podéis bañaros juntos, Sofi.
¿Puedo tener mucha espuma?
Sí.

¡Genial! Entonces **SÍ** me baño.

¡SPLASH!
¡Ay, papá! ¡Se me han mojado las orejas!
Sofi, enseña a Lucas tu supertruco.
¡Vale! ¡Mírame, Lucas!
¡Soy un UNICORNIO!
¡Ji, ji, ji!
¡Soy una GACELA!

¡Soy un MONSTRUO!
RAAARRRRRR
Venga, Lucas, tenemos que aclararnos el jabón. Voy a hacer que llueva. Cierra los ojos.
Ya casi estamos listos. Ahora, vamos a secarnos.
Pero antes tendremos...

¡OREJAS DE HELICÓPTERO!

¡Miradnos! ¡Estamos requetelimpios!
Aunque ser naranja también era divertido.

Cómo bañarte como Sofi

Sofi dice SÍ y espera su turno para hablar

Es muy divertido cuando jugamos todos juntos.
¡Mamá! ¡Papá!

Vamos a jugar a...
Espera, Sofi. Mamá y yo estamos hablando.

Danos un segundo. Y luego será tu turno para hablar.
Pero...

Mmm...
¡Nunca me escucháis!

¿Qué querías decirnos?
Gracias por **esperar**, Sofi.
Nada.

Venga, Sofi. Queremos saber qué ibas a decir.
No. Ya no importa.

Entonces vamos a tener que adivinarlo.

Sofi, ¿querías contarnos que hay un hámster gigante en el baño?
No. ¡No era eso!

¿Has descubierto un dinosaurio debajo de tu cama?
¡Qué va! ¡Frío, frío!

¿Se ha colado en la despensa una serpiente zanahoria y se ha comido todas las zanahorias?
¡No!
Y no existen las serpientes zanahoria, Papá.
¡Uf! ¡Menos mal!

Vaya, qué difícil. Pero creo que ya lo sé.
¿Se ha escapado una ballena de juguete y te ha empapado con su chorro de agua?
¡Ji, ji! ¡No!
Entonces, ¿qué ibas a decir?

Huy, no me acuerdo. ¡Ah, espera! ¡SÍ!
Iba a preguntaros si jugáis con nosotros a mover el culete.
¿Así?
¡SÍ! Pero antes vamos a jugar a las ballenas que lanzan chorros de agua.

Cómo esperar tu turno para hablar, como Sofi

Sofi dice SÍ y cuida una planta

Ay, **no**.
Es muuuy aburrido.
Sus hojas
están muy caídas,
Sofi.
Siempre está así.
Seca y caída.

Acuérdate de que, cuando tienes sed, te encanta tomar un vaso de agua. Pues a las plantas también les gusta.
Pues ahora que lo dices, tengo un poco de sed.
Las plantas necesitan agua para **estar sanas** y **crecer**. Igual que tú.

¿Has oído eso, Lucas?
Vamos a regarla
y veremos cómo **crece**.
Y **crece**...
Y **crece**...

Cada vez más.

Hasta llegar a las nubes.

Esa nube parece una zanahoria.

¡Siempre he querido subir a lo alto de una planta gigante!

Sofi, aquí está tu agua.
Gracias, Papá.
Pues sigue siendo la misma planta de siempre.
Aunque parece que sus hojas están enderezándose.

¡Venga, Lucas! Vamos a beber un vaso de agua y a ver qué nos pasa.
Glu, glu, glu, glu
¡Mira! Mis hojas también se están recuperando.

¿Qué has encontrado, Lucas?
¡Una flor! ¿Ha brotado porque la hemos regado?
Estoy segura de que sí, Sofi. Las plantas florecen cuando están cuidadas y sanas.

Por favor, ¡un aplauso para la superestrella de las plantas!
Lucas, vamos a florecer como ella.

Todos deberían tener una planta como tú.

Cómo cuidar tus plantas como Sofi

Sofi dice SÍ y pide perdón

¡Ahora me toca sentarme con Osito Gruñón!
¡Lucas, **suéltalo**!
¡¡¡AHHHH!!!

No puedes quitarle las cosas así, Sofi.
¿Y qué iba a hacer? ¡Lucas no me daba a Osito Gruñón!
Vas a pedirle perdón, Sofi.
Lo siento.
¡Vale!

Creo que Lucas no te ha oído.
¡Vale! ¡Lo siento!

No basta con pedir perdón, Sofi. Tienes que decirlo de corazón.
Y, cuando le pidas perdón de verdad, los dos os sentiréis mejor.
Ya le he pedido perdón, papá.

Pero no quiero que estés triste, Lucas.
¡Espera! Voy a conseguir que vuelvas a estar contento.
Ven conmigo, Señor Zanahoria. ¡Y tú, Bebé Pelusa!
¡Lucas!

¡BUM!
¡Ay! ¡Perdona, Lucas!
¡Muy bien, Sofi!
Me has pedido perdón de verdad.
¡SÍ! ¡Y ahora todos volvemos a estar contentos!

Vamos
a abrazarnos.

¡Y ahora te hago cosquillas!
¡Ji, ji, ji ja, ja!
¡Ji, ji! ¡Las cosquillas que me hace mi hermano son las mejores!
A Osito Gruñón también le gustan las cosquillas.

Cómo pedir perdón como Sofi

Sofi dice SÍ y prueba una nueva comida

Vamos a cenar unas deliciosas, crujientes,
frescas y sabrosas...
... ¡zanahorias! ¡Tienen que ser zanahorias! ¿Verdad, Señor Zanahoria?

¡Hojas de **lechuga**!
¿Lechuga? ¡Puaj!
Rápido, Sofi, ven a comer antes de que nos lo acabemos todo.

¡No!
No, no.
No, no, no, no, no, no, no, no, no. ¡No, no, no, no, **no**!
¡Pero si la lechuga está riquísima! ¿Por qué no la pruebas?
¡Sí! ¡Pruébala, Sofi!

¡Mírame, soy Lea Lechuga! ¡Por favor, no dejes que el conejito grande me coma!
No te preocupes, Lea, no lo haré.
Mmmm... Está riquísima, ¿verdad?
¡Deliciosa! Me encanta cómo sabe.

Lo siento.
No os **oigo**.

Lo siento.
No os **veo**.
Sé lo que
me gusta.
¡**No** me gusta
la lechuga!

¡Ñam!

¡Puaj! Lucas,
¿en serio te gusta la lechuga?
Ñam, ñam, ñam
Si te parece que está rica, a lo mejor no está tan mala.

Está bien...
¡Voy a probarla!
¡SÍ!

Mmmm... **¡No está mal!**
No es una zanahoria,
claro, pero está rica.

¿Quieres más, Sofi?
¡SÍ, por favor, papá!
¡Está muy rica!
¿Podemos volver a comer lechuga mañana?
No, mañana vamos a comer otra cosa...
¡Zanahorias!
¡SÍ!

Cómo probar alimentos nuevos como Sofi

Sofi dice SÍ y ordena sus juguetes

¡Muy bien, Lucas! ¡Esta es la mejor guarida de todos los tiempos!
¡Nooooo!
¡Acabamos de construir la Ciudad de los Peluches!

Sofi, no puedes dejar tus juguetes tirados por el suelo.
Casi tropiezo con estos bloques.
Esa es la escuela y esa es la heladería.
¡El helado de zanahoria está riquísimo!

Suena genial, Sofi, pero ahora debes guardarlo todo hasta mañana.
Pero vamos a tardar siglos en ordenar.
No si lo conviertes en un juego. Ordenar puede ser divertido.
¡Tengo una idea! ¿Hacemos una carrera a ver quién ordena más rápido?

Pero los peluches quieren quedarse en nuestra guarida.

Bueno... Tal vez podéis hacer una nueva guarida en tu cuarto. Solo para tus peluches.
¡SÍ!
¡Vamos, Lucas!

¡Gracias, Lucas!
¡Cuidado con el Señor Zanahoria!

¡Casi hemos terminado!
¡Qué ordenado está todo!
¡Vamos a enseñar a los peluches su nueva guarida!

¡Bienvenidos a la Ciudad de los Peluches!
¡Estáis en vuestra casa! ¡Hay mucho espacio!

¡Ay! Lo siento, Ranita. Me olvidé de ti. Y la ciudad está llena.
No importa. Tengo un sitio aún mejor para ti.
Esta noche vamos a soñar con ranas, solo tú y yo.

Cómo ordenar tus cosas como Sofi

Sofi dice SÍ y comparte algo especial

Podría probarse esta gorra vieja de Sofi...
¿Qué? ¡Esa es mi gorra-zanahoria!
¿Te parece bien si Lucas la usa hoy, Sofi?
¡Nooooo!

Mi gorra-zanahoria es muy especial. No quiero compartirla.
Pero, Sofi, hace mucho tiempo que no la usas.
¡Ya, pero es mi gorra-zanahoria y me encanta!

Mi gorra-zanahoria
es perfecta. Hemos vivido
muchas aventuras juntas.

Cuando era pequeña, la usaba todo el tiempo. Cuando comía...
Cuando saltaba...
Incluso cuando me bañaba.
Me estoy lavando las orejas, papá.

Solo me la quitaba para dormir.
Bebé Pelusa la cuidaba mientras yo dormía.

Sé que tu gorra significa mucho para ti, Sofi...
Pero ya no te cabe.
¡Sí! ¡Mirad!
¡Ay!

¡Eh! ¡Esa es mi gorra!
¡Vaya! Te queda muy bien, Lucas.

Entonces, ¿vas a compartir tu gorra con tu hermano pequeño?
SÍ, ¡pero se me ha ocurrido una idea!
Puedes quedártela, Lucas. Ahora es tuya.
Tú, yo y la gorra-zanahoria vamos a vivir muchas aventuras juntos.

Cómo compartir tus cosas favoritas como Sofi

Sofi dice SÍ y se va a dormir

Pues tu hermano está muy cansado y tiene sueño.
Ayúdale a prepararse para ir a dormir.
¡Ven por aquí, Lucas! ¡Vas a cepillarte los dientes!

Cepíllatelos bien, bien, bien, hasta que tu boca esté llena de espuma.
Enjuágate la boca y escupe el agua.
Y ahora, nos ponemos el pijama.

Gracias por ayudar, Sofi.
¿Listo para tu cuento, Lucas?

¿Puedo contarle yo un cuento? Se me ha ocurrido uno muy bueno.
De acuerdo, Sofi.

Pero que no sea muy emocionante. Queremos que Lucas se duerma.

Había una vez
un conejito y su hermana mayor.
Siempre lo pasaban
muy bien **juntos**.
Vivían con sus padres
en una madriguera.

Se abrigaban mucho y jugaban a ser delfines...
... o unicornios...
Se movían mucho...
Hacían ejercicio...
¿Así?

Se hacían cosquillas.
Vivían aventuras cada día.
Hacían las camas más lisas del mundo.
Florecían como plantas.
Y comían juntos muchas hojas de lechuga riquísimas. Pero su comida favorita eran las zanahorias.

¡Lo pasaban genial juntos!
Y todo porque Sofi decidió decir…
Qué sueño.
¿Sofi?
Creo que se ha dormido.
¡Ji, ji! ¡Os he engañado!
¿Lista para irte a dormir, Sofi?
Sí, nos has engañado.
¡SÍ!

Cómo prepararte para ir a la cama como Sofi

Para Libby y Tom,
de vuestro muy orgulloso papá
C. P.

Para todos
los conejitos
E. B.

Publicado por primera vez en 2024 por Magic Cat Publishing, un sello de Lucky Cat Publishing Ltd.
Unit 2 Empress Works, 24 Grove Passage, Londres E2 9FQ, Reino Unido

Título original: *The Yes Bunny*
Traducción del inglés: María Martín Schcolnik

Dirección editorial: Berta Márquez
Edición ejecutiva y coordinación editorial: Teresa Tellechea

Impresores, 2 - Parque Empresarial Prado del Espino
28660 Boadilla del Monte (Madrid)
www.grupo-sm.com

Las ilustraciones de este libro se hicieron con *gouache*, lápices de colores y medios digitales.

ISBN: 978-84-1182-844-4
Depósito legal: M-17274-2024
Impreso en China / *Printed in China*

FSC www.fsc.org
MIXTO
Papel | Apoyando la silvicultura responsable
FSC® C104723